Para Jonathan,
el Hank para mi Lucy.

Puedes consultar nuestro catálogo en
www.picarona.net

LUCY Y EL HILO
Texto e ilustraciones: *Vanessa Roeder*

1.ª edición: septiembre de 2019

Título original: *Lucy and the String*

Traducción: *Joana Delgado*
Maquetación: *Montse Martín*
Corrección: *Sara Moreno*

© 2018 Vanessa Roeder
Edición publicada por acuerdo con Dial Books for Young Readers,
sello editorial de Penguin Young Readers Group, división de Penguin Random House LLC.
(Reservados todos los derechos)
© 2019, Ediciones Obelisco, S. L.
www.edicionesobelisco.com
(Reservados los derechos para la lengua española)

Edita: Picarona, sello infantil de Ediciones Obelisco, S. L.
Collita, 23-25. Pol. Ind. Molí de la Bastida
08191 Rubí - Barcelona
Tel. 93 309 85 25 - Fax 93 309 85 23
E-mail: picarona@picarona.net

ISBN: 978-84-9145-295-9
Depósito Legal: B-14.977-2019

Impreso por ANMAN, Gràfiques del Vallès, S. L.
c/ Llobateres, 16-18, Tallers 7 - Nau 10. Polígono Industrial Santiga
08210 - Barberà del Vallès (Barcelona)

Printed in Spain

Lucy y el Hilo

Vanessa Roeder

Picarona

Lucy
encontró
un hilo.

Y lo
recogió…

Después,

con un tirón…

...lo arrastró…

...lo repescó...

...y le dio
un buen estirón...

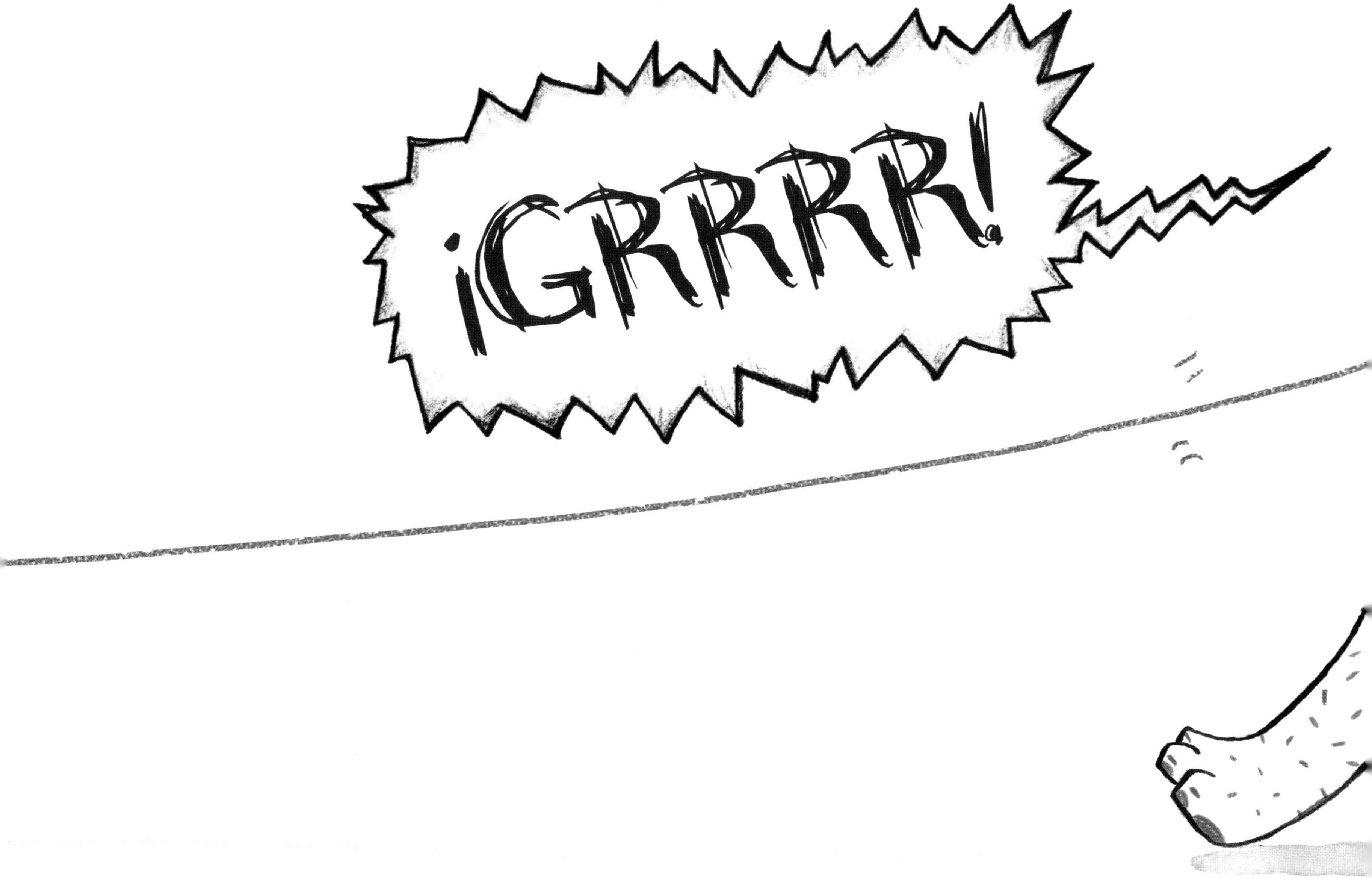
¡GRRRR!

Lucy se encontró con Hank.

—¡Uy!
–dijo Lucy.

Hank gruñó.

—¡Lo siento!

Hank
se enfurruñó.

—¡Sé exactamente cómo animarte!

Lucy se disfrazó
de fortachona...

...y de empollona...

...de señorona...

...y de bobalicona...

...de seria...

...y de traviesa.

Pero a Hank
no le gustaba.
Él sólo quería
recuperar sus
pantalones.

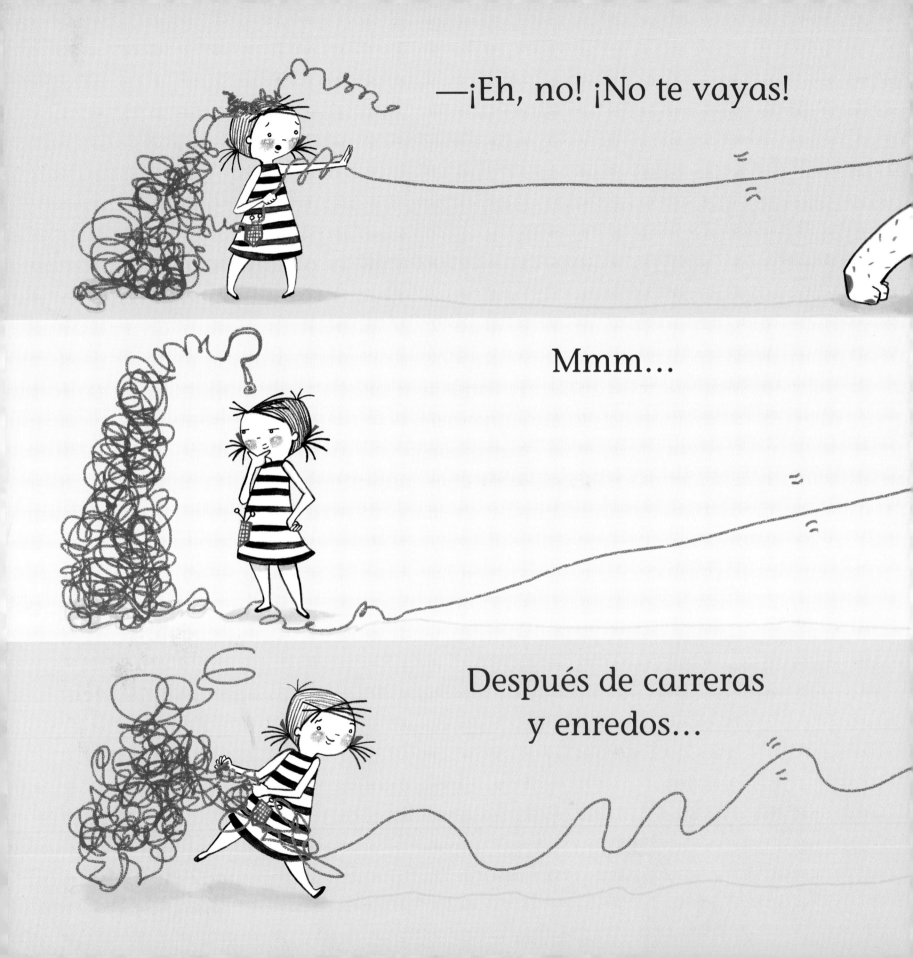

De giros y vueltas…

Hank
no estaba
impresionado.

Pero Lucy no se iba a rendir.

Enlazó y anudó...   Ató y remató...

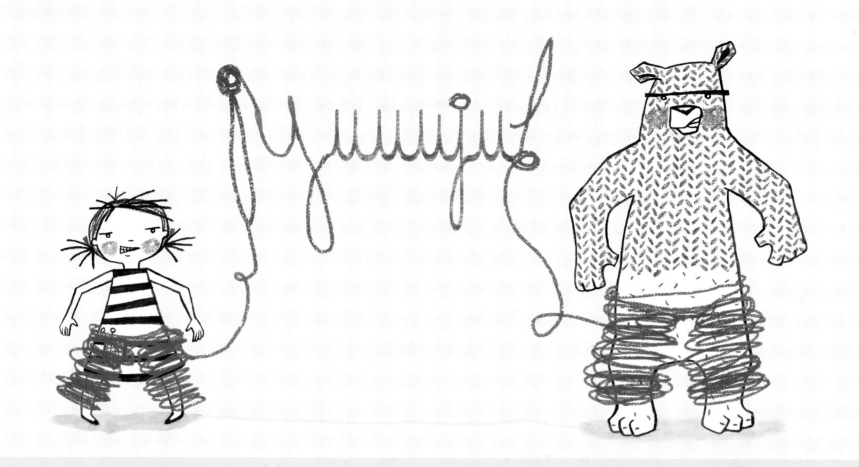

Pero Hank seguía siendo
un oso desnudo.

El siguiente plan de Lucy fue completamente maravilloso…

Los dos se plegaron y se replegaron, giraron y se contorsionaron.

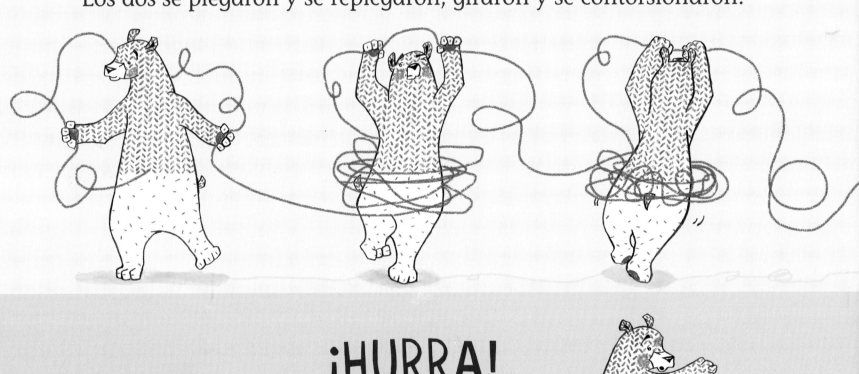

¡HURRA!

Pero a Hank lo del *ballet* no le iba.

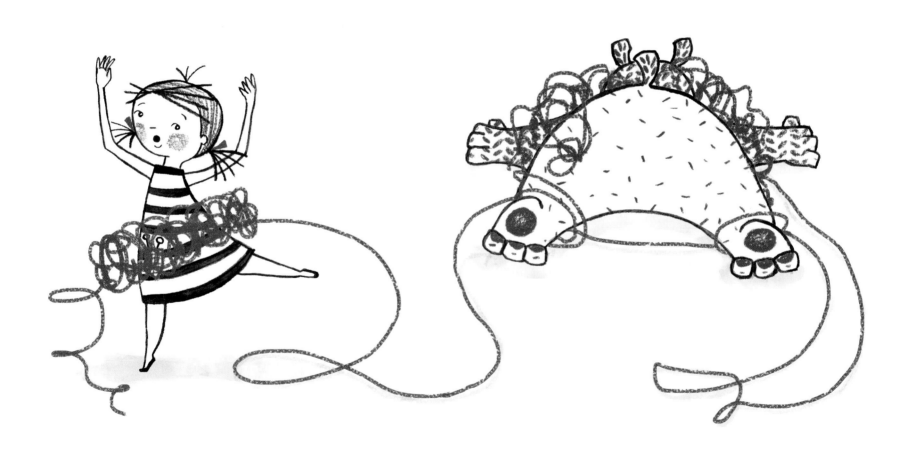

Y entonces...

¡Eureka!

Lucy encontró
la solución.

Tejió un punto
del derecho,
dos del revés…

…hizo
una vuelta,
y otra…

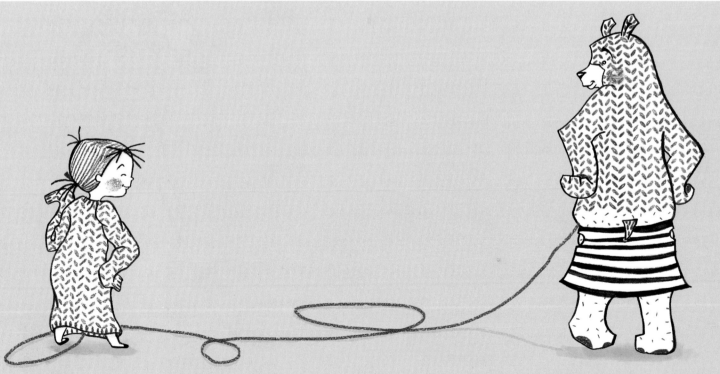

El arreglo
no estaba mal.

Y con un último tijeretazo…

¡CHAS!

Lucy y Hank
dejaron de estar
unidos.

Hasta que…

Lucy sujetó el hilo

y con un empujón

y un tirón

el enredo del hilo…

unió a Lucy con Hank.